W9-DEV-351

ÑEROS DE EQUIPO

ESCRITO POR PETER GOLENBOCK

DISEÑADO E ILUSTRADO POR PAUL BACON

TRADUCCIÓN DE ALMA FLOR ADA y F. ISABEL CAMPOY

LIBROS VIAJEROS • HARCOURT, INC.

San Diego   Nueva York   Londres

This is a translation of *Teammates*.

First Libros Viajeros edition 2002
Libros Viajeros is a trademark of Harcourt, Inc., registered in
the United States of America and/or other jurisdictions.

Library of Congress Cataloging-in-Publication Data
Golenbock, Peter, 1946–
[Teammates.   Spanish]
Compañeros de equipo/Peter Golenbock;
diseñado e ilustrado por Paul Bacon;
[traducido al español por Alma Flor Ada y F. Isabel Campoy].
p.   cm.
"Libros Viajeros."
Summary: Describes the racial prejudice experienced by Jackie
Robinson when he joined the Brooklyn Dodgers and became the first
black player in Major League baseball and depicts the acceptance and
support he received from his white teammate Pee Wee Reese.
1. Robinson, Jackie, 1919–1972—Juvenile literature.
2. Reese, Pee Wee, 1919– —Juvenile literature.
3. Baseball players—United States—Biography—Juvenile literature.
4. Brooklyn Dodgers (Baseball team)—Juvenile literature.
[1. Robinson, Jackie, 1919–1972. 2. Reese, Pee Wee, 1919–
3. Baseball players. 4. African Americans—Biography.
5. Race relations. 6. Brooklyn Dodgers (Baseball team)—History.
7. Spanish language materials.]
I. Bacon, Paul, 1923– ill. II. Title.
GV865.A1G6418   2002
796.357'092'2—dc21   2001002227
ISBN 0-15-216390-5
H G F E D C B A

Grateful acknowledgment is made for the use of the following:

Team photo of 1947 Brooklyn Dodgers: Courtesy of the National Baseball Library
Photo on inside covers of Jackie Robinson: From the private collection of Herb Ross
Photo on inside covers of Pee Wee Reese: From the private collection of Herb Ross
Photo of Ebbets Field: Courtesy of the National Baseball Library
Photo of Satchel Paige: Courtesy of the National Baseball Library
Baseball cards: Permission for names and likenesses: © 1989 Ty Cobb Estate under
    license authorized by Curtis Management Group, Indianapolis, IN; © 1990 Estate
    of Eleanor Gehrig under license authorized by Curtis Management Group,
    Indianapolis, IN; ©1989 Babe Ruth Baseball and the Babe Ruth Estate under
    license authorized by Curtis Management Group, Indianapolis, IN
Newspaper headlines (left to right): March 30, 1946; May 4, 1946; Dec. 15, 1945,
    courtesy of the *Pittsburgh Courier*
Photo of Branch Rickey: Courtesy of the National Baseball Library
Photo of Jackie Robinson in Kansas City Monarchs uniform: Oct. 23, 1945, Courtesy
    of AP/Wide World Photos
Photo of Jackie Robinson and Branch Rickey: Feb. 12, 1948, Courtesy of AP/Wide
    World Photos
Sitting photo of Jackie Robinson in Dodgers uniform: From the private collection of
    Herb Ross
Aerial photo of Crosley Field: Courtesy of the Cincinnati Reds

Para Charles Eliot, bienvenido. Y para Howard Cosell, gracias.

—P. G.

Para Jack Roosevelt Robinson y Harold Reese

—P. B.

Jackie Robinson era más que mi compañero de equipo.
Tenía talento, habilidad y dedicación extraordinarias.
Jackie fijó las normas para las generaciones futuras de
jugadores de béisbol. Era un triunfador.
Jackie Robinson era también un hombre.

—Pee Wee Reese
31 de Octubre, 1989

H abía una vez en los Estados Unidos, cuando los automóviles eran negros
y parecían tanques y la ropa era blanca y se tendía a secar en cordeles, dos ligas
de béisbol que ya han desaparecido. Se llamaban las Ligas Negras.

Las Ligas Negras contaban con jugadores extraordinarios, y entusiastas seguidores que venían a verlos dondequiera que jugaran. Eran héroes, pero los jugadores de las Ligas Negras no ganaban mucho dinero y durante sus viajes su vida era muy difícil.

SATCHEL PAIGE

En los años 40, no había leyes contra la segregación de negros y blancos. En muchos sitios de este país, a las personas de color no se les permitía ir a las mismas escuelas e iglesias que a los blancos. No podían sentarse en los asientos delanteros de los autobuses o los tranvías. No podían beber de las mismas fuentes de agua que los blancos.

En aquellos tiempos, los hoteles no les alquilaban habitaciones a personas de color, así que los jugadores de los equipos negros tenían que dormir en sus autos. En muchos pueblos no había restaurantes que les sirvieran comida, así que a menudo tenían que comer lo que pudieran comprar y llevarse.

La vida era muy diferente para los jugadores de las Ligas Grandes. Eran las ligas de los jugadores blancos. En comparación a lo que ganaban los jugadores de los equipos negros, a los jugadores blancos se les pagaba muy bien. Se hospedaban en buenos hoteles y comían en restaurantes selectos. Sus fotos aparecían en tarjetas de béisbol, y los mejores jugadores se hicieron famosos en todo el mundo.

Mucha gente en los Estados Unidos sabía que el prejuicio racial era malo, pero pocos se atrevían a oponerse abiertamente a la situación. Muchos sentían apatía por los problemas raciales. Algunos temían que pudiera ser peligroso el oponerse. Grupos vigilantes como el Ku Klux Klan reaccionaban violentamente contra quienes querían cambiar la forma de tratar a las personas de color.

BRANCH RICKEY

El gerente general del equipo de béisbol de los Brooklyn Dodgers era un hombre llamado Branch Rickey. El no le tenía miedo al cambio. Quería darle a los seguidores de los Dodgers los mejores jugadores que pudiera encontrar, sin que le importara el color de su piel. El reconocía que la segregación era injusta, y quería darle a cualquiera, sin distinción de raza o religión, una oportunidad para competir con igualdad en los campos de béisbol de Estados Unidos.

Para lograrlo, los Dodgers necesitaban a un hombre especial.

Branch Rickey se lanzó a buscarlo. Buscaba un jugador estrella en las Ligas Negras que fuera capaz de competir con éxito, a pesar de las amenazas contra su vida o los atentados para lastimarlo. Tenía que ser una persona con un gran autocontrol para no pelear cuando los jugadores contrarios trataran de intimidarlo o lastimarlo. Si este hombre cometía alguna infracción en el campo, Rickey estaba convencido de que sus oponentes lo usarían como pretexto para impedir que por otros muchos años las personas de color no pudieran jugar en las Ligas Grandes.

Rickey pensó que Jackie Robinson podría ser el hombre que buscaba.

Jackie viajó en tren hasta Brooklyn para conocer al Sr. Rickey. Cuando Rickey le dijo, "Quiero un hombre que tenga la valentía de no pelear aunque lo provoquen," Jackie Robinson contestó, "Si usted se arriesga a contratarme yo haré todo lo posible para no defraudarle." Se dieron la mano. Branch Rickey y Jackie Robinson comenzaban lo que históricamente se conocería como "el gran experimento."

Durante el entrenamiento con los Dodgers en primavera, Jackie se vió rodeado por multitudes de personas de color de todas las edades, jóvenes y viejos, como si fuera el salvador. Era el primer jugador negro que intentaba formar parte de un equipo de las Ligas Grandes. Ellos sabían que si triunfaba, otros lo seguirían.

Al principio, la vida de Jackie con los Dodgers fue una serie de humillaciones. Los jugadores de su equipo que venían del sur, y a quienes les habían enseñado desde pequeños que no se juntaran con los negros, se cambiaban de mesa cada vez que Jackie se sentaba a su lado. Muchos jugadores de los equipos contrarios eran crueles y le insultaban desde sus casetas. Algunos incluso intentaron herirlo con sus zapatos claveteados. Los lanzadores de pelota apuntaban a su cabeza. Recibió también muchas amenazas de muerte tanto de individuos como de organizaciones como el Ku Klux Klan.

A pesar de todas las dificultades, Jackie Robinson no se dió por vencido. Y logró ser parte del equipo de los Dodgers.

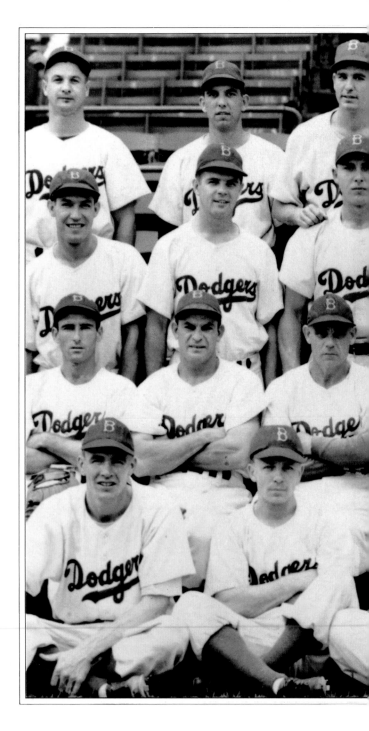

Pero ser parte del equipo de los Dodgers era solo el principio. Jackie tuvo que soportar insultos y hostilidades a lo largo de toda la temporada, desde abril hasta septiembre. El dolor más grande lo llevaba dentro de su corazón. A veces se sentía muy solo. Cuando viajaban tenía que vivir solo, porque únicamente a los jugadores blancos se les permitía alojarse en los hoteles de las ciudades en las que jugaba el equipo.

Durante el tiempo en que Pee Wee Reese jugó en los Dodgers como campo corto, él vivía en Louisville, Kentucky, y en muy raras ocasiones había visto un hombre negro, a menos que fuera en la parte de atrás de un autobús. Casi todos sus amigos y familiares odiaban el hecho de que jugase en la misma cancha que un negro. Además, Pee Wee Reese tenía más que perder que cualquier otro jugador cuando Jackie entró en el equipo.

Jackie había sido un campo corto, y todo el mundo creía que Jackie ocuparía el puesto de Pee Wee. Hombres de menor valía hubieran sentido ira contra Jackie, pero Pee Wee era diferente. El se dijo, "Si tiene la categoría para ocupar mi puesto, es porque lo merece."

Cuando sus compañeros del sur circularon una petición para sacar a Jackie del equipo, y le pidieron a Pee Wee que la firmase, Pee Wee respondió, "No me importa si éste hombre es negro, azul, o a rayas"—y se negó a firmar. "Puede jugar y puede ayudarnos a ganar," les dijo a todos ellos. "Eso es lo que cuenta."

CROSLEY FIELD

Al principio de la temporada, los Dodgers viajaron al oeste de Ohio para jugar contra los Reds de Cincinnati. Cincinnati está cerca del pueblo de Louisville donde nació Pee Wee.

Los Reds jugaban en un estadio pequeño en el cual los espectadores se sentaban muy cerca del campo. Los jugadores casi podían sentir en la nuca la respiración de sus seguidores. Muchos de los que asistieron aquel día, gritaron insultos terribles cargados de odio hacia Jackie cuando los Dodgers estaban en el campo.

Pee Wee creía sobre todas las cosas hacer lo que era justo. Cuando oyó a los expectadores gritarle a Jackie, Pee Wee decidió tomar partido.

Con su cabeza bien alta, Pee Wee se dirigió desde su puesto de campo corto a donde Jackie jugaba en la primera base. El griterío y los insultos de los expectadores resonaban en los oídos de Pee Wee. Le dolía pensar que esos gritos pudieran venir de sus amigos y vecinos. Pee Wee sintió sus piernas pesadas, pero sabía lo que tenía que hacer.

Conforme se acercaba a Jackie que llevaba el uniforme gris de los Dodgers, miró a los ojos de su compañero de equipo y vió su dolor. El jugador de primera base no había hecho nada para provocar tal hostilidad excepto que esperaba ser tratado como un igual. Jackie estaba lleno de ira. Pee Wee sonreía abiertamente cuando se acercó a Jackie. Jackie le devolvió la sonrisa.

Parándose junto a Jackie, Pee Wee le puso el brazo sobre los hombros. Una exclamación de sorpresa se levantó del público cuando vieron el gesto de Pee Wee. Luego se hizo silencio.

Sobre el mar de césped verde se alzaba la silueta de estos dos atletas, uno negro, otro blanco, ambos vestidos con el mismo uniforme de su equipo.

"Estoy a su lado," le dijo Pee Wee al mundo. "Este hombre es mi compañero de equipo."